故宮御貓夜遊記 ⑩

行什的玩笑

常怡 / 著　　小天下 南畔文化 / 繪

中 華 教 育

責任編輯：余雲嬌
裝幀設計：鄧佩儀
排版：鄧佩儀
印務：劉漢舉

故宮御貓夜遊記 ⑩
行什的玩笑

常怡 / 著　　小天下 南畔文化 / 繪

出版 | 中華教育

香港北角英皇道 499 號北角工業大廈 1 樓 B 室

電話：(852) 2137 2338　傳真：(852) 2713 8202

電子郵件：info@chunghwabook.com.hk

網址：http://www.chunghwabook.com.hk

發行 | 香港聯合書刊物流有限公司

香港新界荃灣德士古道 220-248 號 荃灣工業中心 16 樓

電話：(852) 2150 2100　傳真：(852) 2407 3062

電子郵件：info@suplogistics.com.hk

印刷 | 高科技印刷集團有限公司

香港葵涌和宜合道 109 號長榮工業大廈 6 樓

版次 | 2021 年 10 月第 1 版第 1 次印刷

©2021 中華教育

規格 | 16 開（185mm x 230mm）

ISBN | 978-988-8759-93-4

大家好！我是御貓胖桔子，故宮的主人。

媽媽總說，我們貓族有強大的超能力，能給周圍的人類和神仙們「洗腦」，讓他們都對我們好。直到我碰到怪獸行什（粵shí｜粵十），才發現我們的超能力並不是甚麼時候都有用。

七月的一天，天很熱，但我還是裹着厚厚的皮毛。每當這個時候我就會特別羨慕人類，渾身上下只有頭上頂着毛，多涼快呀。

為了避暑，我躲到樹蔭裏一覺睡到了下午。等到睜開眼睛的時候，已經是黃昏了，宮殿的琉璃瓦上灑滿了夕陽的金粉，漂亮得晃眼。

　　飽飽地吃過一頓貓糧後，我朝着景祺閣走去。聽說，清朝光緒皇帝最美麗的妃子——珍妃就曾經被慈禧太后囚禁在這裏。白天，這裏的遊客總是特別多。景祺閣西側與乾隆花園相通，東側就有一座不小的太湖石假山。

遊客散去後，這座視野開闊的假山就成了我的地盤。我已經和珍寶館裏的御貓們都打好了招呼，除了我媽，誰要敢不經准許就闖進我的地盤，那我一定會不客氣。因為吃得多，我的身體比一般的貓大一些。所以，很少有別的貓願意惹我。

天已經黑了。聞過幾棵松樹的樹根後，我爬上了假山石。剛爬到山頂，就發現有一隻怪獸在漢白玉石橋上睡得正香呢。他沒有察覺到我走近，一直打着呼嚕，睡得像一攤爛泥。

哼！這傢伙，連招呼都不打就闖到我的山上，還能睡得這麼安心，膽子可真不小。

我借着月光打量着眼前的怪獸。他的個子不大，乍一看像隻猴子，但身後卻背着大大的翅膀。為了讓自己看得更清楚，我又往前走了幾步。哦，他的臉和猴子有一點很大的不同，那就是他有一張尖尖的鳥嘴，頭上還戴着一個金箍。他的手雖然和猴子差不多，腳卻是鷹一樣的爪子。真是個長相奇怪的傢伙！

我好奇地盯着他出神，夏夜的風吹過，一片葉子落到了怪獸腦袋上。他突然睜開了圓圓的眼睛！那眼睛比我在珍寶館裏見過的藍寶石還要閃亮。

他一動不動，斜眼瞥着我問：「你是誰？從哪裏來的？」

我顫抖了一下，乖乖回答：「我是珍寶館的御貓胖桔子。喵。」我把後半句「這裏是我的地盤」嚥了回去。

他絲毫沒把我放在眼裏，瞇起眼睛說：「哦，御貓嗎？我還以為是隻黃鼠狼呢。」

黃鼠狼？我的鬍鬚翹了起來，因為毛的顏色是和黃鼠狼類似的橘黃色，我最討厭別人把我當成黃鼠狼了。但是，我嚥了嚥口水，甚麼都沒說。這傢伙看起來不太好惹。

「你是誰呢？喵。」我壯起膽子問。

「行什。」

他不耐煩地用手搧走圍在他周圍的蚊子和各種飛蟲。

「那你有甚麼本事呢?」

「本事?」他「哼」了一聲說,「我現在就讓你看看我的本事。」

說着他從懷裏掏出一根金燦燦的棒子,上面的銅環「嘩啦啦」直響。

我吃了一驚,作為一隻常年待在故宮、有見識的貓,我一眼就認出那是非常厲害的法器——金剛降魔杵(普chǔ|粵 處)!它不但可以摧毀惡魔,還能調動雷電。

17

行什將金剛降魔杵舉過頭頂，指向天空，大喊一聲：「電來！」

霎時間，清朗的夜空中，一道耀眼的閃電立刻在我們頭頂上方炸裂。

「劈哩啪啦！」

我嚇得閉上了眼睛。

等到我睜開眼睛時，漢白玉石橋上已經落滿了燒焦的蚊子和各種飛蟲，空氣中還飄着難聞的燒焦味。

「哈哈，這下沒有蟲子煩我了！」行什得意地把金剛杵插到腰帶上。

「你居然用閃電打蟲子……太誇張了吧！喵。」我瞪大眼睛看着他。

「這樣多方便啊。」

「萬一閃電劈到宮殿上，着起火來，你就闖禍了。」

連我都知道，故宮的宮殿是木頭建造的，一把火就會燒成灰。

「閃電就是我手裏的劍，我指到哪裏，它就會劈到哪裏，從來沒出過差錯。」行什仰着下巴說，「看見我的本事了吧？」

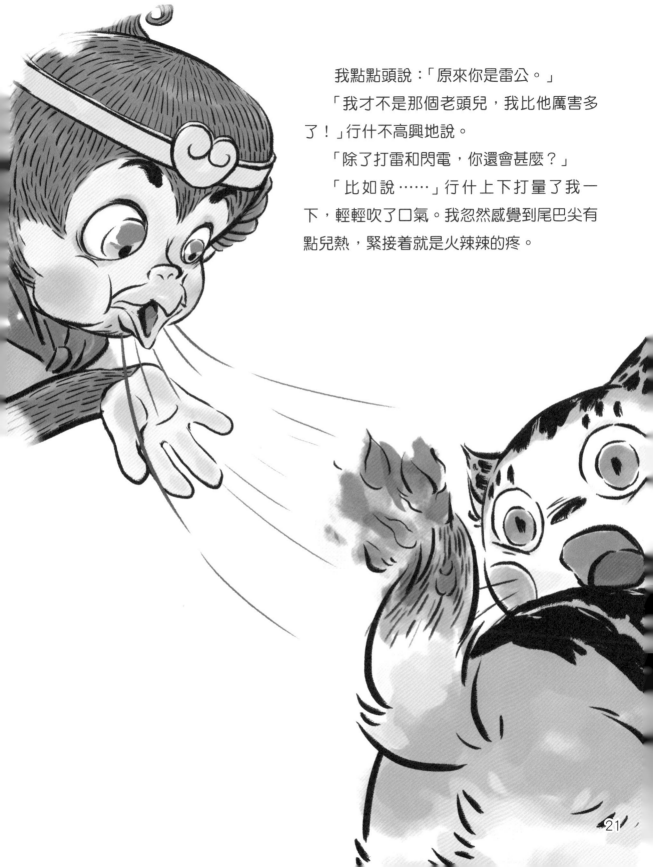

我點點頭說：「原來你是雷公。」

「我才不是那個老頭兒，我比他厲害多了！」行什不高興地說。

「除了打雷和閃電，你還會甚麼？」

「比如說……」行什上下打量了我一下，輕輕吹了口氣。我忽然感覺到尾巴尖有點兒熱，緊接着就是火辣辣的疼。

天啊！我的尾巴着火啦！

「喵嗚！救命啊！」我尖叫一聲，急得一直轉圈。但無論我的爪子怎麼揮舞，都救不到自己的尾巴。

看見我這個樣子，行什卻在旁邊「哈哈」大笑起來。真是一隻沒有同情心的怪獸！我怨恨地想。

「快！幫幫我呀！喵。」

可能是看到我真的疼了，行什終於停住笑，伸出了一根手指說了句：「滅！」

一陣涼風吹過，我尾巴上的火苗「呼」地熄滅了。剩下的只有黑乎乎的尾巴尖和一股白煙。

「看到了吧，我還會鎮火。」他說。

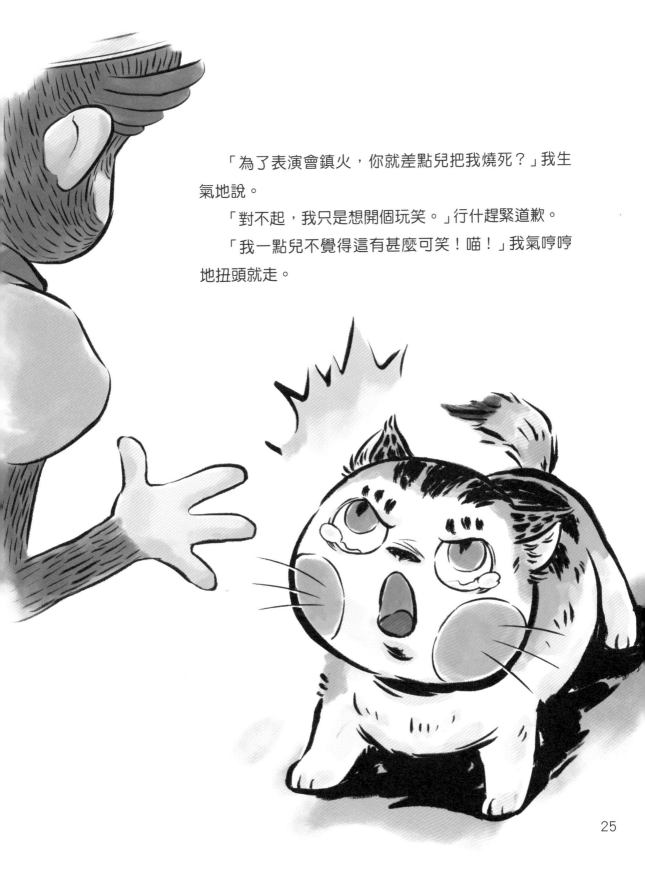

「為了表演會鎮火，你就差點兒把我燒死？」我生氣地說。

「對不起，我只是想開個玩笑。」行什趕緊道歉。

「我一點兒不覺得這有甚麼可笑！喵！」我氣哼哼地扭頭就走。

「胖桔子，你不打算再看看我其他的本領了嗎？」行什叫住我。

「不——想！」我頭也不回地說，「你要是再開甚麼『玩笑』，我可能就沒命了！」

「我真不想傷害你，剛才是我不對，讓我變點甚麼來補償你怎麼樣？」他一下子飛到了我面前，擋住了我的路。

「不用了，謝謝。這不是玩笑，這是很危險的事！請你以後再也不要對別人做這樣的事了！」

我往後退了兩步，小心翼翼地繞過他，繼續往前走。

「對不起，我真的錯了。請相信，我以後再也不這麼做了。」行什一臉真誠地說，「對了！你看這個怎麼樣？」

　　行什話音未落，頭頂就傳來「嘭」的一聲，我飛快地躲到一塊太湖石後面。等我抬頭看時，一朵五彩絢爛的煙花正在藍黑色的夜空中慢慢盛開。

「好看吧？」

「真是太美了！喵。」我點點頭，怒氣
也跟着消散了。

「那我們能成為朋友了嗎？」行什問。

「如果你不再開那種危險的『玩笑』的話，可以。」

「我保證，絕對不會再做第二次了。」他拍着胸脯說。

於是，我，胖桔子 —— 故宮的主人，就又多了一個會放煙花的怪獸朋友。

行什

太 和 殿 專 用 神 獸

　　我長得像猴子，背上有一對翅膀，頭上戴着金箍，手持金剛杵。直到清朝，典籍裏才有關於我的記載出現，清朝的工匠看我在太和殿屋脊上排行第十，所以給我取名為「行什」。

　　古人認為我是雷公的化身，可以掌控雷電和降雨，還能使雨天放晴。他們還視我為防雷的神獸，把我放在故宮等級最高的建築物太和殿上，幫助古代帝王驅雷避雨、防火防災。

行什，牠的造形像一個手拿寶器、背後長着雙翅的神猴。中國所有的建築中，只有太和殿的簷角出現了牠的身影。沒有人知道牠的名字，看牠排行第十，於是就有了「行什」。傳說牠是雷震子的化身，可以防雷鎮火。

——故宮博物院青少網站

消防專用 銅 缸

　　在故宮較大的宮殿外和東西長街，每隔幾米就能見到一個大銅缸。這些銅缸始於明朝，是古代宮殿裏具有消防作用的儲水器。

　　在明清兩代，這些大缸會儲滿清水，以備火災時用來滅火。天冷的時候，人們會在銅缸外側裹上棉套，蓋上缸蓋，又在銅缸下放置石座，燒上炭火，防止缸裏的水結冰。

（見第 1 頁）

欄 杆　又實用又好看

　　在故宮建築中經常可以見到漢白玉欄杆，最常見的就是「望柱」，它的圖案有雲紋、龍鳳、蓮花、石榴、火焰和獅子等樣式。欄杆的設置主要是防止有人從高處跌落，同時有美化、裝飾的作用。

（見第 30-31 頁）

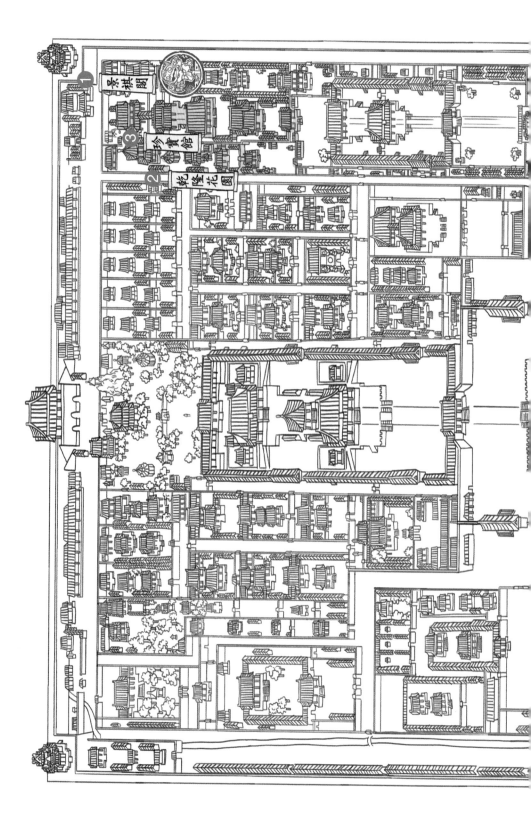

景祺閣

珍寶館

乾隆花園

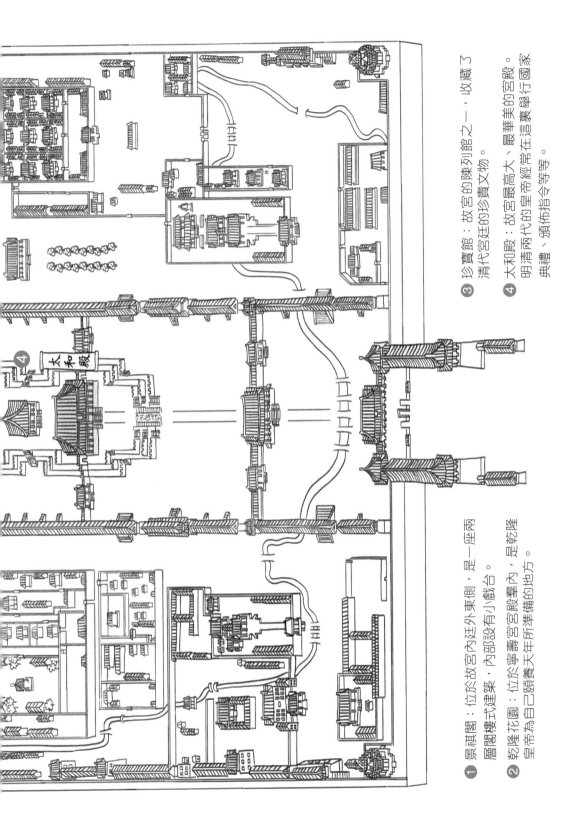

① 景祺閣：位於故宮內廷外東側，是一座兩層閣樓式建築，內部設有小戲台。

② 乾隆花園：位於寧壽宮宮殿羣內，是乾隆皇帝為自己頤養天年所準備的地方。

③ 珍寶館：故宮的陳列館之一，收藏了清代宮廷的珍貴文物。

④ 大和殿：故宮最高大、最華美的宮殿。明清兩代的皇帝經常在這裏舉行國家典禮、頒佈指令等等。

常 怡

　　行什是故宮裏獨一無二的怪獸。除了故宮的太和殿，在其他地方你都找不到牠的身影。這是因為，太和殿是級別最高的古建築，全中國只有太和殿的屋脊上站着十隻小怪獸。其他的宮殿，比如故宮的保和殿，級別也很高，卻只有九隻小怪獸。而行什，就是站在太和殿屋脊上第十位的怪獸。

　　行什的長相也很特別。牠長着猴子的臉，鳥的嘴，身後有翅膀，腳是鷹的爪子。牠頭上戴着和孫悟空一樣的金箍，手裏拿的法器叫作金剛杵。中國很少有長成牠這副樣子的怪獸。我從小就很好奇，這隻怪獸是從哪裏來的？

　　可惜的是，現存的古籍中，我已經無法找到關於「行什」來源和本領的任何資料了。在我聽過的故事裏，行什一直被當作雷公的化身。人們認為牠在太和殿上的作用是防止宮殿被雷電擊中。但我在自己的研究裏，更傾向於認為行什應該與孫悟空來自同一個祖先——印度神話中的神猴哈奴曼。無論哪種說法，我們現在都無法證實。

　　但有一件事，也許孩子們可以去證實一下。小時候，爺爺告訴我，下雨天的時候行什會偷偷地打傘。我從來沒在下雨天去過故宮，不知道你們有沒有看過打着小傘的行什呢？

北京小天下時代文化有限責任公司

行什無疑是故宮中最神祕的怪獸，我們只有在太和殿的屋脊上才能見到牠。

我們在繪製行什時，主要以還原故宮太和殿屋脊上行什的形象為主。我們觀察到，太和殿上的行什看上去有些威嚴可怕，所以在處理人物形象時，我們將行什的「猴子臉」畫得圓鼓鼓的，看上去可愛又調皮，並且為他細緻地刻畫了那雙比藍寶石還要閃亮的眼睛。鑒於我們認同「行什的祖先是印度神話中的神猴哈奴曼」的觀點，我們還為他畫了條尾巴——有尾巴保持平衡，或許也能幫他更好地飛行吧！

在《行什的玩笑》裏，行什是以一個「不速之客」的形象出現的。雖然他因為「危險的玩笑」被胖桔子認認真真地教導了一番，但看到他真心悔過，寬容大度的胖桔子還是和行什成了朋友。在生活中，我們都有自己的好朋友，時間越久，友情也就越深。小朋友，還記得你和你最好的朋友第一次相遇時的場景嗎？